Оксана Лущевська
Віолетта Борігард

Русалки
mermaids

Oksana Lushchevska
Violetta Borigard

PINEAPPLE
LANE

Я живу на лівому березі Дніпра, а моя подруга Соня — на правому. Їхати до неї — цілу вічність. Щодня не поїздиш. Ми сумуємо одна за одною.

І ось Соня вигадала секретний план:

— Ніко, давай перетворюватися на русалок!

I live on the left bank of the Dnipro River, but my friend Sonia lives on the right.

Getting to her house takes ages! You can't do it every day. We really miss each other!

But Sonia has a secret plan.

"Nika," she said, "let's turn into mermaids!"

Nika lives somewhere here
Десь тут живе Ніка

м Hidropark
м Гідропарк

м Lisova
м Лісова

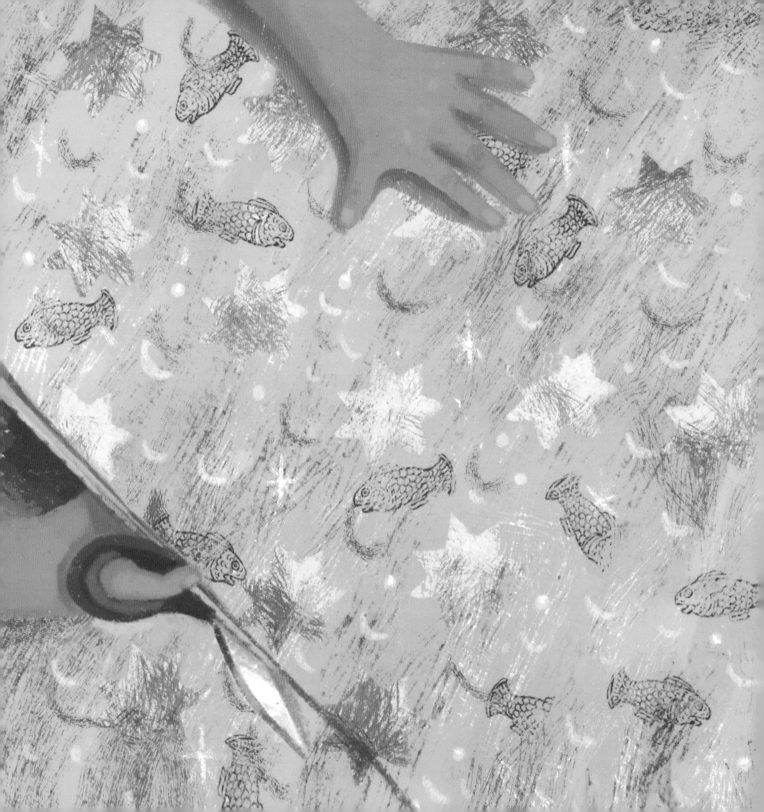

Соня вирішила намалювати і вирізати великий риб'ячий хвіст. Спершу вона притулила його до себе, а потім до мене.

— Будемо зустрічатися посеред Дніпра! Отам, біля острівця! — захоплено пояснила вона.

Мальований хвіст мені до вподоби і дуже личить. Соні також.

Sonia decided to paint and cut out a large fish tail. She attached it to herself and did another one for me.

"Let's meet in the middle of the Dnipro River!" she said excitedly. "Near the island!"

I like the painted tail, it suits me. And it suits Sonia too.

Mermaids' Island

острів русалок

Коли ми одягаємо хвости, усе відразу змінюється. Лівий берег стає ближчим до правого. Правий — до лівого.

Шубовсть! Ми вже б'ємо по воді хвостами, пливемо наввипередки, пірнаємо. Вигулькуємо й гигочемо. Навколо нас розлітаються бризки й котяться грайливі хвильки. З нами купається сонце. Над водою ширяють мартини.

Everything changes when we put the tails on. The left riverbank moves closer to the right. The right bank seems nearer to the left.

Splosh! We start weaving through the water, surfacing quickly for air and giggling before we disappear back under. Water splashes all around, the waves roll. The sun swims with us and gulls soar above the water.

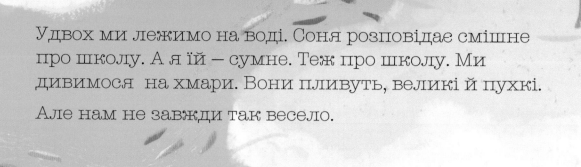

Удвох ми лежимо на воді. Соня розповідає смішне про школу. А я їй — сумне. Теж про школу. Ми дивимося на хмари. Вони пливуть, великі й пухкі.

Але нам не завжди так весело.

We lie together in the water. Sonia tells me something funny about school. I tell her something sad, also about school. We look at the clouds as they float by, so large and fluffy.

But it's not always as much fun as this.

Сьогодні я раптом застигла у воді — боюся поворухнутися. Озираюся то до лівого берега, то до правого.

— Де ти, Соню? Ну де?

Сіріють хмари. Сонце ховається. Мартини сідають на воду поодаль.

— Соню!?

У воді стає холодно. Здається, що нині на Дніпрі так пусто, як ніколи. Ні човна, ні кораблика. Прикладаю руку до чола: — СО-НЮ!

I suddenly become completely still in the water, afraid to stir. I look at the left bank, then at the right.

"Where are you Sonia?"

The clouds turn dark and grey. The sun is hiding. Gulls land on the distant waves.

"Sonia!?"

The water feels cold. The Dnipro River seems emptier than ever. No ships, no boats. I cup my hands to my face and shout: "SO-NIA!"

І тут бачу: сидить на березі, малює пальцем по воді. Я. кидаюся до неї

— Ось ти де! — ляскаю хвостом.

Мовчить. Обличчя похмуре, навіть сердите.

— Соню?

Відвертається. Дметься.

— Давай до мене, — підпливаю з іншого боку.

— Нема настрою, — відрізає.

— Соню, але ж ми русалки, — нагадую їй. — Стрибай сюди!

— Якби я була русалкою, — каже, — було б краще.

Then, I see her sitting on the riverbank, drawing with her finger on the surface of the water. I swim to her.

"Here you are!" I swish my tail.

She stays silent. Her face is sad, angry.

"Sonia?"

She turns away, sulking.

I swim around to her. "Come with me, Sonia."

"I'm not in the mood," she replies.

"But Sonia, we're mermaids! Jump in!"

"If I were a real mermaid, it would be better," she sighs.

Я розгублююся, ніяковію. Дивлюся на хмурне об-
личчя Соні.

Над головою пролітає великий мартин. Соня
проводжає його краєм ока. Я нічого не кажу. Я
знаю, що робити. Розвертаюся — і пливу. Аж до того
найдальшого місця, де на воді куняють птахи.

Хоч би не розлетілися, — боюся зайвого плескоту.

Та мартини наче й не помічають мене. Я тихо
підпливаю, огортаю двох із них руками й поволі
прямую до Соні разом з ними.

I feel confused and embarrassed. I stare at
Sonia's gloomy face.

A large gull flies overhead, and Sonia follows it
from the corner of her eye. I don't say anything.
I know what to do. I turn around and start
swimming towards the gulls dozing on the
water.

I don't want them to fly away, so I try not to
make too much of a splash.

The birds don't seem to notice me. I get near
enough to gather a pair of sleeping gulls in
my arms. I swim slowly back to Sonia, holding
them close.

Соня не зводить очей з мене і мартинів, підіймається, аби краще нас бачити. Мені тривожно, що не встигну, допоки вони ще сонні.

Мартини починають роззиратися, а тоді скрикують і випурхують просто з моїх обіймів, черкнувши крилами по плечах.

— Ні, ні, ні! — кричу у відчаї.

Соня усміхається кутиками вуст. І тут — плиг у воду! Хвостом — круть. Ось уже біля мене.

А мартини летять, летять… Їх не стримати.

— Хай! — сміється Соня.

Sonia watches as I swim back with the gulls, raising herself from the riverbank to see better. I worry that I am not going to make it before the gulls wake up.

The gulls start to cry and flap and try to fly out of my hands, scraping my shoulders with their wings.

"No, no, no!" I shout desperately.

Sonia smiles then splashes into the water. She twirls her tail and reaches me quickly.

But the gulls fly away… They can't be stopped.

"Let them go!" Sonia laughs.

Ми сидимо на хвилях і проводжаємо
мартинів. Водимо пальцями по воді.

Потім кидаємося наввипередки
до острівця й назад, а коли
зупиняємося, бачимо, що сонце із
жовтогарячого вже стало рожевим.
Сутеніє просто на очах.

— Як добре бути русалкою, — Соня хлюпає на мене
хвостом.

— Угу, — відхлюпуюся.

Потім Соня пливе до правого берега, а я — до лівого. У
кожної в руці по водяній лілії.

Добре, що ми із Сонею маємо спільний секрет.
Перетворюючись на русалок, ми бачимося щодня. А
так і тиждень минає куди швидше.

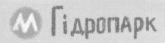

We float in the waves.

We then race each other to the island, back and forth until the sun turns from yellow to pink and the sky darkens before our eyes.

Sonia splashes me with her tail: "It's so good to be a mermaid."

"Yeah, it is." I splash her back.

Then Sonia swims to the right riverbank, and I swim to the left. We both hold water lilies in our hands.

It's good that Sonia and I have this secret. By turning into mermaids, we can see each other every day. That way, the week passes more quickly!

Завтра нарешті вихідний.

Моя черга їхати до Соні.

На автобусі.

На метро.

Знову на автобусі.

З лівого берега на правий.

Чекай на мене, Соню!

Чекай на мене завтра!

Tomorrow is the weekend at last.

It's my turn to visit Sonia.

By bus.

By tube.

By bus again.

From the left bank to the right.

See you, Sonia!

I'll see you tomorrow!

Published by Pineapple Lane (an imprint of Little Toller Books) in 2023

Originally published by Bratske Publishers

Text © Oksana Lushchevska 2023
Illustration © Violetta Borigard 2023
Translation © Oksana Lushchevska 2023

Typeset by Little Toller Books

Printed in Sheffield, UK by Precision Proco

All papers used by Pineapple Lane are natural, recyclable products made from wood grown in sustainable, well-managed forests

A catalogue record for this book is available from the British Library

ISBN 978-1-915068-12-5

PINEAPPLE LANE

PINEAPPLE LANE publishes dual-language, mother-tongue books for children. Each title is written, translated and illustrated by authors and artists whose lives have been disrupted by conflict. All the books are free to refugee families and the communities they are living with, and are distributed through schools, libraries and grassroots organisations.

www.pineapplelane.org

PUBLISHED WITH THE SUPPORT OF: